나의 20세기 저녁과 작은 전환점들

My Twentieth Century Evening and Other Small Breakthroughs

가즈오 이시구로
김남주 옮김

나의 20세기 저녁과 작은 전환점들

My Twentieth Century Evening
and Other
Small Breakthroughs

노벨 문학상 수상 연설집

MY TWENTIETH CENTURY EVENING
AND OTHER SMALL BREAKTHROUGHS
by Kazuo Ishiguro

2017년 노벨 문학상은 가즈오 이시구로에게 수여되었다.

"그는, 위대한 정서적 힘을 지닌 소설들을 통해
세계와 우리가 연결되어 있다는, 환상에 불과한
의식의 심연을 밝혀내 왔다."

—스웨덴 한림원

차례

여러분이 만약 1979년 가을에 나와 마주쳤다면 내 사회적인 위치가 어떤지, 심지어 내가 어떤 인종에 속하는지조차 파악하기 어려웠을 것입니다. 당시 나는 스물네 살이었지요. 내 이목구비는 일본인처럼 보였지만, 당시 영국에서 보는 대부분의 일본인들과 달리 머리는 어깨까지 내려오는 장발이었고, 노상강도를 연상시키는 콧수염을 늘어뜨리고 있었습니다. 내 말에서 포착할 수 있는 억양만이 내가 영국 남부 출신이라는 것을 알려 주었는데, 그나마 이미 구식이 되어 버린 히피 시절의 느릿한 말투가 종종 튀어나왔습니다. 그때 우리가 대화를 나누었다면, 아마도 네덜란드 축구 선수들이나 밥 딜런의 최신 앨범, 혹은 당시 내가 런던에서 노숙자들과 함께 일하며 보낸 한 해를 화제로 삼았을 것입니다. 당신이 내게 일본에 대해 말하며 그 문화를 물었다면, 일본에 간 적이 없어서 모른다고, 다섯 살 때 떠나온 이후 일본에 발을 디딘 적이 없다고, 심지어 휴가 때 방문한 적도 없다고 말하는 내 태도에 초조해하는 기미가 서리는 걸 눈치챘을 것입니다.

그해 가을에 나는 배낭과 기타, 휴대용 타자기를 들고 노퍽의 벅스턴에 도착했습니다. 오래된 물방앗간 주위로 평평한 밭이 펼쳐져 있는 영국의 작은 마을이었지요. 내가 그곳에 간 이유는 이스트앵글리아 대학교의 일 년짜리 문예창작 석사 과정에 들어갔기 때문입니다. 대성당

이 있는 노리치시에 자리 잡은 이스트앵글리아 대학교는 벅스턴에서 16킬로미터 떨어져 있었는데, 당시 내게는 차가 없었으므로 그곳에 갈 수 있는 방법은 오전에 한 차례, 점심시간에 한 차례, 저녁에 한 차례 운행하는 버스를 이용하는 것뿐이었습니다. 하지만 나는 곧 버스를 타고 그곳에 가는 것이 그리 불편한 일이 아님을 알게 되었습니다. 일주일에 두 차례 이상 학교에 갈 일이 거의 없었으니까요. 나는 어떤 작은 집의 방 하나에 세를 들었는데, 그 집의 주인은 30대 남자로 아내가 막 그의 곁을 떠난 참이었습니다. 당연히 그 집은 그에게 산산조각 난 꿈의 망령들로 가득 찬 곳이었겠지요. 아니 어쩌면 그저 나와 마주치기 싫었을 뿐인지도 모르지만, 어느 쪽이든 나는 그를 며칠간이나 계속 보지 못하고 지내는 날도 있었습니다. 다시 말하면, 런던에서 그렇게 정신없이 바쁜 나날을 보내다가, 쉽게 마주할 수 없는 엄청난 고요와 고

독에 직면한 겁니다. 그 속에서 나는 나 자신을 작가로 변신시킬 작정이었습니다.

사실 그 작은 방은 고전적인 의미에서 작가의 다락방과는 거리가 멀었습니다. 천장은 밀실 공포증을 일으킬 정도로 낮게 기울어져 있었습니다. 하나뿐인 창문 앞에 까치발로 서면 멀리까지 펼쳐진, 쟁기로 갈아 놓은 밭을 볼 수 있었습니다. 방에는 작은 탁자가 하나 있었는데 그 위에 타자기와 책상용 스탠드를 올려놓으면 남는 공간이 없었습니다. 바닥에는 침대 대신 커다란 장방형 스펀지가 깔려 있었는데, 그 때문에 나는 살이 에일 듯 추운 노퍽의 밤 동안에도 자면서 땀을 흘렸습니다.

바로 그 방에서 나는 그해 여름 동안 쓴 단편 소설 두 편을 주의 깊게 살펴보면서, 그것들이 새로 만난 동급생들 앞에 내놓아도 될 만한지 가늠해 보았습니다. 내가 알기로 나와 함께 이 주에 한 번 만나는 수강생은 모두 여섯 명이었습니다. 당시만 해도 나는 소설을 쓰기 위해 메모 이상의 것을 해 본 적이 없었습니다. 그 대학의 창작 과정에 들어갈 수 있었던 것은 BBC로부터 거절당한 라디오 극본 덕이었습니다. 사실 스무 살이 될 때까지 록 스타가 되겠다는 확고한 계획을 다져 온 나에게 문학적인 야심이 생긴 것은 그로부터 불과 얼마 전의 일이었거든요. 내가 꼼꼼하게 뜯어본 그 두 단편은 그 대학의 창작 과정에 합격했다는 소식을 듣고 뭔가 해야겠다 싶어서 거의 공포에 사로잡혀 쓴 글이었습니다. 하나는 섬뜩한 동반 자살 약속에 관한 이야기였고, 다른 하나는 내가 한동안 자원봉사자로 일했던 스코틀랜드에서 벌어진 시가전에 대한 이야기였습니다. 작품들은 그다지 훌륭하지 않았습니다. 나는 그 두 편의 소설처럼 현대 영국을 배경으로 하는, 자기가 기르던 고양이를 독살하는 소년에 대한 소설에 착수했습니다. 그러다가 그 작은 방에서 맞은 세 번째인가 네 번째 주의 어느 날 밤, 새롭고 다급하며 강한 충동에 사로잡혀 나도 모르게 일본에 대해, 2차 세계 대전이 끝나갈 무렵의 내가 태어난 도시 나가사키에 대해 쓰기 시작했습니다.

여기서 짚고 넘어가야 할 점은, 이 일이 내게 뜻밖이었다는 사실입니다. 오늘날에는 혼합 문화 유산을 지닌 젊은 예비 작가들이 작품에서 자신의 '뿌리'를 탐사하려는 경향이 사실상 본능처럼 퍼져 있는 것이 주된 분위기입니다. 하지만 당시는 전혀 그렇지 않았습니다. 영국에서 '다문화' 문학이 폭발적으로 생산되기 몇 해 전이었지요. 살만 루슈디는 그의 이름으로 나온 소설이 한 편뿐인 무명 작가였고, 그나마 절판되었습니다. 당시 영국의 젊은 작가들 중에서 가장 중요한 소설가가 누구냐고 물었다면 사람들은 마거릿 드래블을 언급했을 것입니다. 좀 더 나이가 있는 작가로는 아이리스 머독, 킹즐리 에이미스, 윌리엄 골딩, 앤서니 버지스, 존 파울즈가 있었습니다. 가브리엘 가르시아 마르케스, 밀란 쿤데라 또는 보르헤스 같은 외국 작가들의 작품을 읽는 사람들은 소수였고, 그들의 이름은 독서를 좋아하는 사람들에게조차 큰 의미가 없었습니다.

내가 일본에 관한 첫 소설을 완성한 것은 그런 문학적 분위기 속에서였습니다. 새롭게 발견한 이 방향이 중요하다는 느낌은 있었지만, 동시에 이러한 출발이 방종으로 보이지 않을까 걱정이 되기도 했습니다. 좀 더 '정상적인' 주제로 재빨리 돌아가야 하지 않을까 하고 말입니다. 상당한 망설임 끝에 나는 주위에 소설을 보여 주었습니다. 이날까지도 나는 그 소설을 읽고 주저 없이 격려해 준 나의 동급생들과 지도교수들, 맬컴 브래드버리와 앤절라 카터, 그리고 소설가 폴 베일리에게 깊은 감사의 마음을 갖고 있습니다. 그들이 그렇게 긍정적인 반응을 보여 주지 않았다면, 나는 아마 다시는 일본에 대해 쓰지 않았을 것입니다. 반응이 긍정적이었으므로 나는 내 방으로 돌아와 쓰고 또 썼습니다. 1979년에서 1980년으로 넘어가는 겨울 내내, 그리고 봄이 될 때까지 나는 강의실의 동급생 다섯, 당시 내 주식이었던 양 콩팥 요리와 아침 식사용 시리얼을 파는 마을 식품점 주인, 그리고 매월 둘째 주 주말마다 나를 보러 오는 여자 친구 로나(지금의 아내) 말고는 실제로 아무도 만나지 않았습니다. 균형 잡힌 생활은 아니었지만, 그 사오 개월 동안 나는 역시 나가사키를 배경으로, 원자 폭탄이 떨어진 후 재건의 세월을 담은 내 첫 장편 소설 『창백한 언덕 풍경』의 절반을 완성할 수 있었습니다. 그 시기 동안 일본이 배경이 아닌 몇몇 아이디어로 이따금 단편을 끼적이다가 이내 흥미를 잃었던 기억이 납니다.

그 몇 달은 나에게 무척 중요한 시간이었습

니다. 그 시간이 없었다면 나는 아마도 결코 작가가 될 수 없었을 테니까요. 그 이후 나는 종종 지난날을 돌아보며 이렇게 자문하곤 했습니다. 그때 내게 무슨 일이 벌어졌던 것일까? 그 특별한 에너지는 모두 어디에서 왔을까? 내 결론은, 삶의 바로 그 지점에서 내가 긴급하게 행동에 나선 게 무언가를 보존하기 위해서였다는 것입니다. 이 상황을 설명하기 위해서는 시간을 좀 거슬러 올라갈 필요가 있습니다.

1960년 4월, 나는 다섯 살의 나이로 부모님 그리고 누이와 함께 영국으로 와 런던에서 남쪽으로 48킬로미터 떨어진 서리주 길퍼드의 부유한 고급 주택지에 도착했습니다. 연구소에서 일하는 해양학자로 영국 정부와 일하기 위해 그곳에 온 부친을 따라온 것이었지요. 말이 나왔으니 하는 말인데 내 부친이 발명한 기계는 지금 런던에 있는 과학 박물관에 영구 전시되어 있습니다.

영국에 도착한 직후 찍은 우리의 사진들은 이제는 사라진 시대의 영국을 보여 줍니다. 남자들은 넥타이 위로 브이넥 울 스웨터를 입고 있고, 자동차에는 여전히 발판이 달려 있으며 차체 뒤에는 여분의 타이어가 매달려 있습니다. 비틀스, 성의 혁명, 학생 시위, '다문화주의', 이 모든 것이 눈앞에 다가와 있었지만, 우리 가족이 처음 대면한 당시의 영국에서 그런 것들은 예측조차 하기 어려웠습니다. 프랑스나 이탈리아에서 온 외국인을 만나는 것도 놀라운 일이었으니, 일본에서 온 누군가가 얼마나 신기하게 여겨졌을지 말할 필요도 없겠지요.

우리 집은 포장도로가 끝나고 교외가 시작되는 막다른 골목에 있는, 열두 채의 집 중 하나였습니다. 소들이 줄지어 들판을 느리게 걸어 다니는 시골길과 현지 농장까지 걸리는 시간은 천천히 걸어도 오 분이면 충분했습니다. 말이 끄는 수레가 우유를 배달했습니다. 영국에 온 처음 얼마 동안 밤사이 차바퀴에 으깨진 죽은 고슴도치들이 도로 가장자리로 말끔히 밀려 아침 이슬 속에 청소부를 기다리고 있던 흔한 풍경이 아직도 생생하게 기억납니다. 당시 그곳에는 가시가 삐죽삐죽 난 그 귀여운 야행성 동물이 많았습니다.

이웃들은 모두 교회에 다녔습니다. 이웃집 아이들과 놀면서 나는 이웃 사람들이 식사 전에 짧게 기도하는 것을 눈여겨보았습니다. 나는 주일 학교에 다녔고, 얼마 지나지 않아 성가대에서 노래를 부르게 되었으며 열 살이 되자 길퍼드 역사상 처음으로 일본인 수석 성가대원이 되었습니다. 나는 그곳에서 초등학교를 다녔는데, 영국인이 아닌 학생은 나 하나뿐으로, 그 학교 역사상 첫 외국인이었을 가능성이 높습니다. 열한 살이 되자 이웃 도시에 있는 그래머스쿨까지 기차를 타고 다녔습니다. 매일 아침 객차는 가느다란 세로 줄무늬 양복에 중산모를 쓰고 런던의 사무실로 출근하는 남자들로 붐볐습니다.

이 무렵 나는 당시 영국 중산층 소년에게 요구되는 매너를 완전히 숙지하고 있었습니다. 친구네 집에 방문할 때면, 어른이 방에 잠깐 들어와 관심을 표명하는 짧은 시간을 견뎌야 한다는 것을 알았고, 식사를 하는 동안에는 식탁에서 일어서기 전에 허락을 구해야 한다는 것도 배웠습니다. 그 근방의 유일한 외국인 소년이었으므로 근처에서 나를 모르는 사람이 없었습니다. 다른 아이들을 만나기도 전에 그들은 내가 누군지 알고 있었지요. 나로서는 한 번도 본 적 없는 어른들이 그곳 거리나 상점에서 내 이름을 부르며 말을 걸기도 했습니다.

이 시기를 돌아보며 기억을 더듬어 보건대, 세계 대전이 끝난 지 이십 년도 채 지나지 않은 때에 철천지원수와도 같은 일본인 가족을 받아들여 준 당시 영국 지역 사회의 타고난 너그러움과 열린 태도가 참으로 경이롭게 생각됩니다. 2차 세계 대전을 겪고 그 여파 속에서 새롭고 놀라운 복지 국가를 건설한 영국의 그 세대에 대해 내가 이날까지도 갖고 있는 존경과 애정, 호기심은 그 시기의 내 개인적인 경험에 기인한 바가 큽니다.

한편 나는 집에서는 일본인 부모님들과 전혀 다른 생활을 했습니다. 집에는 다른 규칙, 다른 기대감, 다른 언어가 있었습니다. 내 부모님의 원래 계획은 한두 해 후에 일본으로 돌아간다는 것이었습니다. 실제로 영국에 온 후로 십일 년 동안 우리는 줄곧 '다음 해'에 돌아간다는 생각 속에서 살았습니다. 그래서 내 부모님은 이민자로서가 아니라 방문자로서의 관점을 지니고 있었습니다. 부모님은 영국인들의 신기한 관습을 자신들에게 적용시켜야 한다는 의무감 같은 것 없이 그에 대한 견해를 나누곤 했습니다. 그러므로 내가 일본으로 돌아가 성인으로서의 삶을 그곳에서 살기로 오랫동안 예상했던 만큼, 교육에서도 일본 현지의 수준을 유지하도록 노력을 기울였습니다. 매달 일본에서 오는 소포에는 그 전 달의 만화 잡지, 일반 잡지, 교육 자료의 요약본이 들어 있었고, 나는 그 모든 것들을 허겁지겁 읽어 치웠습니다. 그 소포는 내 10대 어디쯤부터 오지 않았습니다. 아마도 할아버지가 돌아가신 때부터였던 것 같습니다. 하지만 옛 친구들과 친척들에 대한 부모님의 대화, 일본에서 보낸 삶의 이런저런 일화들은 나에게 일본에 대한 이미지와 인상을 계속해서 공급해 주었습니다. 그래서 당시 나는 언제나 놀랍도록 크고 잘 정돈된 나만의 추억 창고를 갖고 있었습니다. 거기에는 조부모님에 대한 추억, 내가 일본에 두고 온 좋아하는 장난감에 대한 기억, 우리가 살던 일본식 전통 가옥(심지어 지금도 나는 그곳의 방 하나하나를 머릿속에 떠올릴 수 있습니다.), 내가 다니던 유치원, 전차 정거장, 다리 옆에 살던 사나운 개, 커다란 거울 앞에 자동차 운전대를 설치해 둔, 어린 소년 전용 이발소 의자 같은 것들이 들어 있었습니다.

성장하면서, 그러니까 산문으로 소설의 세계를 창조하겠다는 생각을 하기 훨씬 오래전부터 나는 이 모든 것을 한데 합쳐 내 마음속에 '일본'이라고 불리는 풍성한 세부를 지닌 장소를 세우느라 바빴습니다. 나는 어떤 면에서 그곳에 속해 있었고, 그곳으로부터 나의 정체성과 자신감에 대한 확실한 감각을 끌어냈습니다. 그 시기 동안 내가 실제로는 한 번도 일본에 간 적이 없다는 사실은 그 나라에 대한 나 자신의 상상을 더욱 생생하고 개인적인 것으로 만드는 데 일조했습니다.

이런 이유에서 보존의 필요가 생긴 것입니다. 20대 중반에 이르렀을 무렵 나는, 비록 당시에는 그 사실을 분명하게 말한 적이 없었지만, 몇 가지 중요한 사실을 깨닫고 있었습니다. 어쩌면 '나의' 일본이 비행기를 타고 갈 수 있는 실제 일본과 그다지 일치하지 않을 수도 있다는 사실을 인정하기 시작한 것입니다. 내 부모님이 이야기하던 생활 방식, 내가 유년기에 기억하고 있던 것들이 1960년대와 1970년대를 지나면서 일본에서 대부분 사라지고 말았다는 사실, 내 머릿속에 자리 잡고 있는 일본은 그저 한 아이가 기억과 상상력과 추론에 의거해 만들어 낸 감성적인 건축물일 뿐이었다는 사실을 말입니다. 그리고 아마도 이 점이 가장 중요할 텐데, 한 해 한 해 나이가 들수록 나는 성장기 동안 함께했던 소중한 장소, 내 마음속의 그 일본이 점점 더 희미해지리라는 사실을 깨달았습니다.

이제 나는 노펵의 그 작은 방에서 나에게 글을 쓰도록 몰아붙인 것이, '나의' 일본이 유일한 동시에 자칫 깨지기 쉽다는, 외부적으로는 검증할 수 없는 그 무엇이라는 느낌이었다고 확신합니다. 나는 그 세계의 특별한 색채를, 풍습을, 예절을 종이 위에 기록하고 있었습니다. 그 품위, 그 결점, 내가 그 장소에 대해 그때까지 생각해 왔던 모든 것이 내 마음속에서 영영 바래 버리기 전에 말입니다. 내가 바란 것은 나의 일본을 소설로 재건해, 안전하게 만들어서 나중에 어떤 책을 손가락으로 가리키며, "네, 저의 일본이 저 안에 있습니다."라고 말할 수 있게 되는 것이었습니다.

그로부터 삼 년 반 후인 1983년 봄, 로나와 나는 런던에 정착해 좁고 높은 건물의 꼭대기 층에 있는 방 두 칸에 세를 얻어 살았습니다. 런던의 가장 높은 지대 중 하나인 어느 언덕 위에 세워진 집이었지요. 근처에 텔레비전 송신탑이 있어서 우리가 턴테이블에 음반을 올리면 스피커에서 방송 음이 유령 소리처럼 겹쳐 흘러나왔습니다. 우리 집 거실에는 소파나 안락의자 대신 두 개의 매트리스가 바닥에 깔려 있었고 그 위에 쿠션들이 흩어져 있었습니다. 또 커다란 탁자가 있었는데, 그 위에서 낮에는 내가 글을 쓰고 저녁이면 함께 식사를 했습니다. 호화스러움과는 거리가 멀었지만 나는 그곳에서의 삶이 좋았습니다. 그 전 해에 나는 첫 장편 소설을 출판했고, 영국 텔레비전에서 곧 방송될 단편 영화를 위한 시나리오도 썼습니다.

나는 한동안 내 첫 소설에 대해 상당한 자부심을 느꼈지만, 그해 봄이 되어 갈 무렵에는 줄곧 불만족스러운 느낌이 들기 시작했습니다. 문제는 내 첫 소설과 내 첫 텔레비전 시나리오가 너무 비슷하다는 것이었습니다. 주제 면에서가 아니라 방식과 스타일 면에서 말입니다. 들여다볼수록 내 소설은 대화도 방향도 시나리오를 닮아 있었습니다. 이런 점은 어느 정도까지는 괜찮았지만, 그 즈음 나는 '오직 책을 통해서만' 제대로 읽을 수 있는 소설을 쓰고 싶었습니다. 사람들이 텔레비전을 보면서 책을 읽는 것과 비슷한 경험을 얻을 수 있다면 소설을 쓸 이유가 무엇이겠습니까. 다른 형태의 매체가 줄 수 없는 고유한 어떤 것을 제공할 수 없다면, 소설이 어떻게 영화나 텔레비전의 강력한 힘에 맞서 살아남을 수 있겠습니까.

그즈음 나는 바이러스에 감염되어 며칠을 침대에서 보냈습니다. 병이 고비를 넘길 무렵 내내 제대로 잠을 자지 못한 느낌에 시달리던 나는 이부자리 한가운데에서 묵직한 물건 하나를 발견했습니다. 그동안 나를 괴롭혔던 물건은 마르셀 프루스트의 『잃어버린 시간을 찾아서』 1권이었습니다.(당시 영어판 번역서의 제목은 『과거의 것들에 대한 기억』이었습니다.) 나는 손에 들어온 그 책을 읽기 시작했습니다. 여전히 열이 떨어지지 않은 내 상태가 아마도 그 이유 중 하나였을 텐데, 나는 책의 시작 부분과 콩브레 부분에 완전히 마음을 빼앗겼습니다. 나는 그 부분을 읽고 또 읽었습니다. 그 구절들이 지닌 순수한 아름

다음은 차치하고라도 프루스트가 하나의 일화를 다음 일화로 이끌어 가는 방식에 전율했습니다. 사건과 장면의 순서는 일반적으로 요구되는 연대순을 따르지 않았고, 직선형 구성 방식 또한 따르지 않았더군요. 그 대신 서로 관계가 없어 보이는 생각의 연상이나 변덕스러운 기억이 하나의 일화에서 다음의 일화로 그 글쓰기를 추동해 가는 듯했습니다. 나는 무심결에 이렇게 자문하곤 했습니다. 관계가 없어 보이는 이 두 순간이 어째서 화자의 마음속에서 나란히 자리 잡게 된 것일까? 그러다가 문득 내 두 번째 장편 소설을 위한 흥미로우면서도 더 자유로운 구상 방식을 떠올릴 수 있었습니다. 오직 책 속에서만 풍부함을 만들어 내는, 그 어떤 화면으로도 포착할 수 없는 내면의 움직임을 제공하는 방식 말입니다. 화자 생각의 연상과 자유롭게 흐르는 기억에 맞추어 하나의 구절에서 다음 구절로 나아간다면, 추상 화가가 화폭에 형태와 색채를 선택해

담아 내는 것 같은 방식으로 소설을 구성할 수 있을 터였습니다. 이틀 전의 장면을 이십 년 전의 장면과 나란히 놓고 독자에게 그 둘의 관계를 곰곰이 생각해 보도록 요청할 수 있을 터였습니다. 그런 방식을 동원함으로써 화자 자신이나 그의 과거에 대한 관점을 덮고 있는 여러 겹의 자기기만과 부정을 암시할 수 있을 것이라고 생각했습니다.

1988년 3월, 나는 서른세 살이 되었습니다. 이제 로나와 내게는 소파가 생겼기에, 나는 그 위에 길게 누워 톰 웨이츠의 앨범을 듣고 있었습니다. 그 전 해에 우리는 인기는 없지만 쾌적한 런던 남쪽 지역에 집을 장만했고, 그 집에서 나는 처음으로 나만의 서재를 갖게 되었습니다. 내 서재는 작고 문조차 달려 있지 않았지만, 사방에 펼쳐 놓은 원고를 매일 저녁 치우지 않아도 된다는 사실에 짜릿한 기쁨을 느꼈습니다.

그리고 그 서재에서 내 세 번째 장편 소설을 막 끝낸 참이었습니다. 아니, 끝냈다고 생각했습니다. 그것은 일본을 배경으로 하지 않은 나의 첫 작품이었습니다. 내 사적인 일본은 앞서 쓴 소설들로 한결 단단해져 있었습니다. 사실 『남아 있는 나날』이라는 제목의 내 새 작품은 지극히 영국적인 것처럼 보였습니다. 하지만 나는 내 작품이 이전 세대의 많은 영국 작가들이 쓴 방식과는 다르기를 바랐습니다. 그 작가들 중 많은 이들에게서 느낀 것처럼, 나는 내 책을 읽는 사람들 모두가 영국적인 뉘앙스와 영국인의 생각에 대해 나면서부터 잘 아는 사람들일 거라고 가정하지 않으려고 신중을 기했습니다. 그즈음 살만 루슈디, V. S. 나이폴 같은 작가들이 좀 더 세계적이고 외부 지향적인 영국 문학을 위한 방식, 즉 영국이 세상의 중심이라거나 가장 중요하다고 주장하지 않는 방식을 구축해 왔습니다. 그들의 글쓰기는 넓은 의미에서 포스트 식민주의의 입장을 취하고 있었습니다. 나는 그들처럼 문화적, 언어적 장벽을 넘을 수 있는 '보편적인' 소설을 쓰고 싶었습니다. 지극히 영국적인 세계처럼 보이는 것을 배경으로 하는 소설이라 해도 말입니다.

내가 보는 영국은 가공의 영국이라 할 만한 것입니다. 영국을 방문한 적이 없는 사람들을 포함해 이미 전 세계 많은 사람들의 상상 속에 그 윤곽이 이미 자리잡고 있는 그런 영국 말입니다.

내가 막 끝낸 그 이야기는 자신이 잘못된 가치에 따라 인생을 살았다는 것을, 자신의 전성기를 나치에 동조한 인물을 위해 일하면서 보내고 말았다는 것을, 삶의 도덕적이고 정치적인 책임을 지지 않음으로써 깊은 의미에서 삶을 낭비해 버리고 말았다는 것을, 그리고 나아가 완벽한 집사가 되기 위해 애쓰느라 자신이 원하는 한 여자를 사랑하는 것도, 그 여자의 사랑을 받는 것도 스스로에게 금했다는 것을 너무 늦게 깨달은 한 영국인 집사에 대한 것이었습니다.

나는 내 원고를 몇 차례 읽고 상당히 만족했습니다. 하지만 뭔가 빠져 있다는 느낌이 불쑥불쑥 드는 것은 어쩔 수 없었습니다.

어느 날 저녁, 나는 앞서 말한 우리 집 소파 위에 앉아 톰 웨이츠를 듣고 있었습니다. 톰 웨이츠의 「루비즈 암즈」라는 제목의 노래가 흘러나오기 시작했습니다. 아마 여러분 중 몇 분은 그 노래를 아실 겁니다.(이 대목에서 여러분에게 그 노래를 불러 드릴까 하는 생각까지 했습니다만 마음을 바꾸었습니다.) 그 노래는 침대에 잠든 연인을 두고 떠나는, 아마도 군인인 듯한 한 남자에 대한 발라드입니다. 때는 이른 아침, 그는 거리를 걸어 내려와 기차에 오릅니다. 이상한 점은 하나도 없습니다. 하지만 그 노래는 자신의 깊은 감정을 토로하는 데 전혀 익숙하지 않은,

미국인 막노동꾼의 거친 목소리로 불립니다. 그리고 노래의 중간쯤 가수가 우리에게 자신의 가슴이 찢어진다고 토로하는 순간이 나옵니다. 그 감정 자체와, 그 감정을 드러내지 않으려고 몹시 애쓰지만 결국 굴복하고 마는 저항 사이의 긴장 때문에 그 순간은 거의 참을 수 없을 정도로 감동적입니다. 톰 웨이츠는 그 소절을 카타르시스를 주는 장중함으로 노래하고, 듣는 사람은 평생 감정을 억누르며 살아온 거친 사내의 얼굴이 격한 슬픔으로 일그러지는 걸 느낍니다.

톰 웨이츠를 들으면서 나는 남은 일이 무엇인지 깨달았습니다. 나는 별 고심 없이 작품 뒷부분에서 영국인 집사가 그의 감정적 방어를 유지하는 것으로, 그가 마지막까지 그런 감정적 방어 뒤에 숨어서 자기 자신과 독자를 기만하는 것으로 결정해 버렸습니다. 이제 나는 그 결정을 바꾸어야 한다는 것을 알았습니다. 내 이야기가 끝을 향해 가는 한순간, 단 한순간을 주의

깊게 택해 그의 갑옷을 찢어 틈을 내야 했습니다. 나는 그 아래의 본심을, 얼핏 일별할 수 있는 크고 비극적인 갈망을 드러내게 해야 했습니다.

이 자리에서 제가 다른 많은 경우에도 가수들의 음색에서 중요한 교훈을 얻었다는 사실을 말하지 않을 수 없습니다. 노랫말보다는 가수가 노래하는 방식에서 말입니다. 모두 알듯이 노래 속에서 사람의 목소리는 헤아릴 길 없이 복잡하게 뒤섞인 감정을 표현합니다. 여러 해에 걸쳐 구체적인 면에서 내 글쓰기는 여러 가수들, 특히 밥 딜런, 니나 시몬, 에밀루 해리스, 레이 찰스, 브루스 스프링스틴, 질리언 웰치, 그리고 내 친구이자 공동 작업자인 스테이시 켄트의 영향을 받아 왔습니다. 그들의 목소리에서 뭔가를 포착하면서 나는 나 자신에게 중얼거렸습니다. “아, 그래, 이거야. 이게 내가 그 장면에서 포착하고자 했던 거야. 이것과 아주 비슷한 그 무엇이라고.” 내가 언어로 표현할 수 없는 감정이 가수의 목소리 속에는 들어 있습니다. 그래서 무엇을 겨누어야 하는지를 알게 되는 것입니다.

1999년 10월 나는 국제 아우슈비츠 위원회를 대표하는 독일의 시인 크리스토프 호이브너에게서 과거 강제 수용소였던 곳을 며칠간 방문해 달라는 초대를 받았습니다. 내가 묵을 곳은 아우슈비츠 청소년 미팅 센터였는데, 그곳은 최초의 아우슈비츠 수용소, 그리고 그로부터 3.2킬로미터 떨어진 비르케나우 집단 학살 수용소 사이의 도로변에 있었습니다. 나는 그 장소들을 방문했고 비공식적으로 세 사람의 생존자를 만났습니다. 내 세대가 그 그림자 아래에서 성장했던 어두운 힘의 심장부에 적어도 지리적으로 가까이 다가가 있다고 느꼈습니다. 어느 축축한 날 오후 비르케나우에서 나는 가스실의 돌무더기 잔해 앞에 섰습니다. 독일인들이 소련의 붉은 군대를 피해 떠나기 전에 폭파시킨 그 모습 그대로 남아 있는 그 잔해는 이제 이상하게도 돌보는 이 없이 방치되어 있었습니다. 이제 그것은 폴란드의 거친 날씨에 그대로 노출된 채 해가 갈수록 점점 더 폐허가 되어 가는 축축하고 부서진 콘크리트 덩어리에 불과해 보였습니다. 나를 초대한 주최 측에서는 그들의 딜레마에 대해 이야기하더군요. 이 유적을 보존해야 할까요? 다음 세대가 볼 수 있도록 이 위에 보호용 아크릴 돔을 씌워야 할까요? 아니면 이것들이 천천히 자연스럽게 부서져 무로 돌아가도록 내버려 두어야 할까요? 나에게 그것은 그 이상의 딜레마에 대한 강렬한 은유처럼 느껴졌습니다. 이런 기억을 어떻게 보존해야 할까요? 유리 돔을 동원해 그 악과 고통의 유적을 뻔한 박물관 전시물로 변모시켜야 할까요? 기억하기 위해 우리는 어떤 것을 선택해야 할까요? 그것을 잊고 다음 단계로 넘어가기 적당한 때는 언제일까요?

당시 나는 마흔네 살이었습니다. 그때까지

나는 2차 세계 대전을, 그 공포와 승리를 내 부모 세대에게 속한 것으로 여겨 왔습니다. 하지만 그때, 얼마 지나지 않아 그 거대한 사건들을 직접 목격한 많은 이들이 이 세상을 떠나리라는 사실이 떠올랐습니다. 그럼 어떻게 될까요? 그 일을 기억해야 한다는 부담이 바로 우리 세대의 어깨 위에 지워진 것 아닐까요? 우리는 전쟁의 세월을 직접 경험하지는 않았지만, 전쟁으로 인해 삶에 지울 수 없는 영향을 받은 세대에 의해 양육되었습니다. 이제 대중을 대상으로 한 소설가로서 나는 지금까지 의식하지 못했던 어떤 의무감을 가져야 하는 것 아닐까요? 이런 기억과 교훈을 우리 부모 세대로부터 우리 다음 세대에게로 최선을 다해 전달해야 하는 의무 말입니다.

그로부터 얼마 후 나는 도쿄의 청중 앞에서 강연을 하는 중이었는데 토론석에 있던 사람 중 하나가 흔히 하는 질문, 곧 다음에 내가 어떤 작업을 할지를 물어 왔습니다. 더 구체적으로 말하자면, 그 질문자는 내 작품들이 정치적, 사회적 격동기를 살아온 개인이 자신의 삶을 돌아보면서 더 어둡고 수치스러운 기억과 화해하려는 처절한 노력을 보여 주는 것이었다고 짚더군요. 그 여자분은 이렇게 물었습니다. 당신은 앞으로도 비슷한 영역을 다루실 건가요?

그 질문에 나는 나 자신도 전혀 예상치 못한 답변을 하고 있었습니다. 네, 나는 망각과 기억 사이에서 분투하는 그런 개인들에 관해 써왔습니다. 하지만 앞으로 정말 하고 싶은 것은 한 민족이나 공동체가 그런 질문들을 어떻게 직시하는가에 관한 이야기를 쓰는 것입니다. 한 민족 역시 한 개인이 한 것과 같은 방식으로 기억하고 망각할까요? 아니면 중요한 차이가 있을까요? 한 민족의 기억이란 정확히 어떤 것일까요? 그런 기억은 어디에 자리 잡고 있을까요? 그 기억은 어떻게 만들어지고 통제될까요? 되풀이되는 폭력을 멈추고, 한 사회가 산산조각

나 혼돈이나 전쟁 속으로 들어가지 않게 하기 위해서는 그저 잊어야 할까요? 다른 한편으로, 의도적인 기억 상실이나 부실한 정의라는 기초 위에 과연 안정되고 자유로운 국가가 세워질 수 있을까요? 나는, 그런 것들에 대해 쓸 방법을 찾아보고 싶지만 유감스럽게도 지금 당장은 그걸 해낼 방법을 찾을 수 없다고 질문자에게 대답했습니다.

2001년 초 어느 날 저녁, 당시 우리가 살고 있던 런던 북쪽에 있는 어둑해진 우리 집 거실에서 로나와 나는 화질이 그런대로 볼 만한 비디오로 하워드 호크스 감독이 1934년에 만든 「20세기」라는 영화를 보기 시작했습니다. 그 영화 제목이 우리가 막 지나온 세기가 아니라 당시 뉴욕과 시카고를 연결해 주는 유명한 특급열차를 뜻한다는 것을 곧 알 수 있었습니다. 여러분 중 몇몇은 아실 테지만, 그 영화는 대부분이 열차 안을 배경으로 하는, 빠른 속도로 진행되는 코미디입니다. 내용은 한 브로드웨이 제작자의 이야기인데, 그는 자신의 작업에서 가장 중요한 여배우가 스타가 되려고 할리우드로 가는 걸 막으려 점점 더 절박하게 애씁니다. 영화는 당대 가장 위대한 배우 중 하나였던 존 배리모어의 멋진 코믹 연기를 중심으로 진행되었습니다. 그의 얼굴 표정, 몸짓, 그가 발하는 거의 모든 대사가 자기중심주의와 자기 과장 속에 빠져 있는 한 남자의 엽기적인 행위와 모순과 역설이라는 다중성을 드러냈습니다. 그것은 여러 가지 면에서 눈부신 작품입니다. 그렇습니다, 그런데 영화가 전개되는데 나는 신기하게도 영화에 동화되지 못하고 있었습니다. 처음에는 이런 상황이 당혹스러웠습니다. 대개의 경우 저는 배리모어의 연기를 좋아했고, 그 시기에 하워드 호크스가 찍은 「여비서」나 「천사만이 날개를 가졌다」 같은 영화에 열광했거든요. 이윽고 그 영화가 한 시간 정도 진행되었을 무렵 내 머릿속에 단순하고도 충격적인 생각이 떠올랐습니다. 소설이나 영화, 희곡 속에 나오는, 누가 보더라도 설득력 있고 생생한 인물들이 그토록 자주 나를 감동시키지 못한 이유는, 그 인물들이 다른 인물들과 흥미로운 인간관계로 연결되어 있지 않아서였다는 것입니다. 이어 즉각 내 작업에 대한 생각이 떠올랐습니다. 내가 작중 인물 자체에 대해 걱정하기를 멈추고 내 작품에 나오는 인물들의 관계에 신경을 썼다면 어땠을까?

기차가 덜컹거리며 서부를 향해 다가감에 따라 존 배리모어의 히스테리는 더욱 심해집니다. 나는 삼차원적인 인물과 이차원적인 인물의 차이에 대해 E. M. 포스터가 한 유명한 이야기를 떠올렸습니다. 한 이야기 속에서 어떤 인물이 삼차원적이 되는 것은, 그들이 '우리를 설득력 있게 놀라게 하기' 때문이라고 그는 말했습니다. '여러 가지 요소들을 균형 있게 아우름으로써' 그렇게 된다는 것입니다. 그런데 나는 궁금했습니다. 만약 한 인물이 삼차원적인데, 그 사람의 인간관계가 그렇지 않다면 어떻게 될까? 같은 강연에서 포스터는 핀셋을 들고 어떤 소설로부터 줄거리를 끌어내 그것이 마치 꿈틀거리는 벌레인 양 꼭 붙든 채 불빛 아래에서 살펴보는 유머러스한 이미지를 사용한 적이 있습니다. 나는 생각했습니다, 어떤 이야기든 그것을 종횡으로 가로지르는 다양한 관계들을 꼭 붙들고 불빛에 비춰 보는 비슷한 실험을 할 수는 없을까? 이것을 내가 하는 작업에, 내가 이미 완성한 이야기와 앞으로 쓰려고 하는 이야기에 적용할 수는 없을까? 이를테면 그런 식으로 내 이야기 속에 나오는 사제 관계를 조사해 볼 수도 있을 것입니다. 그러면 그것이 통찰력 있고 새로운 무언가를 말해 줄까? 혹은 그것을 지그시 응시하게 되면 그것이 지루하고 전형적이라는 것, 그저 평범한 다른 많은 이야기 속에서 발견

되는 관계들과 다를 바 없다는 사실이 명백해질까? 또한 그런 식으로 내 이야기 속에 나오는, 서로 경쟁하는 두 친구의 관계를 살펴볼 수도 있을 것입니다. 이것은 역동적인 관계인가? 이 관계에 정서적 공명이 있나? 이것은 점진적으로 발전하는 관계인가? 이 관계는 설득력 있게 독자를 놀라게 하는가? 이 관계는 삼차원적인가? 나는 문득 과거의 내 작업이 절박한 조치를 동원했음에도 왜 여러 면에서 실패했는지를 좀 더 잘 이해할 수 있었습니다. 존 배리모어의 연기를 지켜보면서 내 머릿속에는, 모든 좋은 이야기는 그 서술 방식이 얼마나 급진적이든 전통적이든 간에 우리에게 중요한 관계를 포함하고 있어야 한다는 생각이 떠올랐습니다. 우리를 감동시키고 우리를 즐겁게 하고 우리를 화나게 하고 우리를 놀라게 할 관계 말입니다. 아마도 앞으로 내가 작품 속 관계에 좀 더 주의를 기울인다면 내 작중 인물들은 그들 자신을 더 잘 돌보게 될 것입니다.

이렇게 말하는 중에 문득, 어쩌면 여러분에게는 너무나도 당연한 일을 이 자리에서 말하고 있는지도 모른다는 생각이 듭니다. 하지만 내가 말할 수 있는 것은 그런 생각이 나의 창작 생활에서 놀라울 정도로 늦게야 찾아왔고, 이제 내가 그것을, 오늘 여러분에게 이야기한 다른 것들과 견줄 만한 전환점으로 보고 있다는 사실입니다. 그때부터 나는 내 이야기를 다른 방식으로 구축하기 시작했습니다. 예를 들어 소설 『나를 보내지 마』를 쓰면서 나는 처음부터 그 중심이 되는 삼각관계를 설정해 두었고, 그 관계로부터 다른 관계들이 파생되었습니다.

다른 많은 경력에서도 그렇겠지만, 한 작가의 경력에서 중요한 전환점은 이런 것들입니다. 종종 사소하고 추레해 보이는 순간들이 중요한 전환점 역할을 합니다. 이런 전환점은 조용하고 은밀한 계시의 섬광입니다. 그런 순간은 종종 멘토나 동료의 인정도, 팡파르도 없이 그냥 옵니다. 그 순간은 종종 그보다 더 요란하고 더 긴급해 보이는 요구들과 경쟁해야 합니다. 때로 그 순간은 기존의 지혜와 상반되는 듯 보일 수도 있습니다. 하지만 그 순간이 온다면 그것을 있는 그대로 인식하는 게 중요합니다. 그러지 않으면 그 순간은 당신의 손가락 사이로 빠져나가고 말 테니까요.

여기서 나는 사소하고 은밀하다는 점을 강조하고 있는데, 그것은 내 작업의 본질이 그렇기 때문입니다. 조용한 방에서 글을 쓰는 한 사람이 다른 조용한, 혹은 그렇게 조용하지 않을 수도 있는 방에서 책을 읽고 있는 다른 누군가와 연결되고자 애씁니다. 이야기는 재미있을 수도 있고, 뭔가를 가르치고 주장할 수도 있습니다. 하지만 내게 중요한 것은 그 이야기가 느낌을 나눈다는 사실입니다. 그 이야기가 국경과 여러 차이를 넘어서 우리가 인간으로서 공유하는 것에 호소한다는 사실입니다. 이야기를 둘러싼 거대하고 화려한 산업이 있습니다. 출판, 영화, 텔레비전, 연극 산업 말입니다. 하지만 결국 이야기란 한 사람이 다른 한 사람에게 하는 것입니다. 이것이 바로 내가 느끼는 방식입니다. 내 말이 이해되시나요? 여러분도 이렇게 느끼시나요?

이렇게 해서 이제 현재에 이릅니다. 최근에 나는 내가 몇 년 동안 온실 속 화초처럼 살아왔다는 사실을 깨달았습니다. 세계의 많은 사람들이 느끼는 불안과 좌절을 포착하는 데 실패했다는 사실 말입니다. 나는 내가 접촉하는 세계, 그러니까 냉소적이고 자유로운 정신의 소유자들이 사는 교양 있고 흥미로운 장소가 사실은 내 생각보다 훨씬 작은 곳임을 깨달았습니다. 제게는 의기소침한 한 해였던 2016년 유럽과 미국에서 벌어진 놀라운 정치적 사건과 지구 전체에서 일어난 소름 끼치는 테러는 내가 어린 시절부터 당연한 것으로 여겨 온, 진보적, 인문적 가치가 줄곧 발전한다는 믿음이 환상에 불과할지도 모른다는 사실을 자인하게 했습니다.

나는 낙관적 성향을 지닌 세대에 속합니다. 그래서 안 될 이유가 어디 있겠습니까? 우리는 앞 세대가 유럽을 전체주의 체제, 민족 말살, 역사적으로 전례를 찾을 수 없는 대학살로부터 구해 내, 국경 없는 우정 안에서 자유 민주주의가 살아 있는, 부러움을 사는 지역으로 변화시키는 것을 지켜보았습니다. 우리는 세계 곳곳의 식민 제국들이 그들의 논리를 뒷받침했던 비난받아 마땅한 가설과 함께 스러지는 것을 목격했습니다. 페미니즘, 동성애자의 권리, 인종차별주의에 맞서는 싸움에서 의미심장한 진보가 이루어지는 것을 보았습니다. 우리는 자본주의와 공산주의가 이념적, 군사적으로 격돌하는 시대를 배경으로 성장했고, 우리 중 많은 이가 다행이라고 여기는 결과를 목격할 수 있었습니다.

그러나 이제 돌아보면 베를린 장벽이 무너진 때부터 지금까지는 현실에 안주했던 나날, 기회를 잃은 나날이었던 듯합니다. 부와 기회의 엄청난 불평등이 국가들 간, 그리고 한 국가 내에서 점점 커지도록 방치되었습니다. 특히 2003년의 처참한 이라크 침공과 2008년의 끔찍한 경제 파탄에 의해 평범한 이들에게 강요된 오랜 내핍의 세월은 현재의 극우주의와 국수적 민족주의의 확산으로 이어졌습니다. 인종차별주의가 전통적인 형태로, 또한 훨씬 사람들의 구미에 맞는 현대화된 형태로 우리의 문명화된 거리 아래에서 파묻힌 괴물이 깨어나듯 꿈틀거리며 다시 올라오고 있습니다. 이 순간 우리는 우리를 하나로 묶을 수 있는 그 어떤 혁신적인 대의도 갖고 있지 못한 듯합니다. 그런 대의를 갖기는커녕 서방의 부유한 민주 국가에서조차 여러 진영으로 쪼

개져 자원이나 권력을 갖기 위한 고통스러운 경쟁을 하고 있습니다.

그리고 가까운 미래는 과학, 기술, 의학의 경이로운 전환점들에 의해 제기된 도전에 직면하고 있습니다. 어쩌면 그 시기는 이미 도래했는지도 모릅니다. 유전자 가위, 곧 CRISPR 유전자 편집 기술 같은 새로운 유전 공학 기술과 인공 지능, 로봇 공학의 발전은 우리에게 사람의 목숨을 구하는 경이로운 혜택을 가져다줄 테지만, 동시에 '아파르트헤이트'(차별 대우)나 다름없는 가혹한 능력주의와, 현재의 전문직 엘리트도 피해 갈 수 없는 대규모 실업 사태를 낳을 수도 있습니다.

여기 내가 있습니다. 두 눈을 비비며 어제까지는 존재하는지도 몰랐던 이런 세계의 윤곽을 안개 속에서 더듬으려 애쓰는 60대의 남자가 말입니다. 지적으로 피로한 세대에 속하는 피로한 작가인 내가 이제 이 낯선 영역을 탐사할 에

너지를 찾아낼 수 있을까요? 사회가 엄청난 변화에 적응하기 위해 발버둥치는 과정에서 발발할 전쟁과 싸움과 논쟁에 감성의 층을 더하고 전망을 제공할 무엇인가를 남길 수 있을까요?

나는 그 일을 해내야 할 것이고 최선을 다해 할 것입니다. 왜냐하면 나는 여전히 문학이 중요하다고, 우리가 이 험난한 지대를 횡단하고 있는 만큼 앞으로 특히 더 중요해지리라고 믿기 때문입니다. 아울러 나는 젊은 세대 작가들로부터 영감을 받고 기꺼이 그 인도를 받을 것입니다. 다가오는 시대가 그들의 시대이므로, 젊은 작가들은 그 즈음엔 내게는 없을 그 시대에 대한 지식과 본능을 갖고 있을 것입니다. 오늘날 나는 책과 영화와 텔레비전과 연극의 세계 속에서 모험심 넘치고 흥미진진한 재능을 봅니다. 40대, 30대, 20대의 남녀들 말입니다. 그러니 낙관하지 않을 이유가 어디 있겠습니까?

이제 한 가지 호소로 이 연설을 마무리 짓

게 해 주십시오. 원한다면 이것을 나의 '노벨 호소'라고 불러도 좋습니다! 세계 전체를 바로잡는 건 어려운 일이지만, 적어도 우리가 읽고 쓰고 출판하고 추천하고 비판하고 상을 주는 '문학'이라는 이 구석, 세계의 이 작은 구석을 어떻게 준비할 것인가에 대해 생각할 수는 있습니다. 우리가 이 불확실한 미래에 꼭 필요한 역할을 하기 위해서는, 현재와 미래의 작가들로부터 최선의 것을 취하기 위해서는 더 다양해져야 한다고 나는 믿습니다. 특히 다음 두 가지 의미에서 그렇습니다.

우선 문학적 공감대를 넓혀 엘리트주의에 물들어 현재에 안주하는 제1세계 문화의 경계를 넘어서서 더 많은 목소리를 수용해야 합니다. 오늘날까지 알려지지 않은 채로 남아 있는 다른 문화권의 문학에서 보석을 찾아내는 데 좀 더 역동적으로 힘을 기울여야 합니다. 그 작가가 멀리 떨어진 나라에 살고 있든, 우리 공동체

안에 살고 있든 말입니다. 두 번째로 무엇이 좋은 문학인가에 대한 정의를 지나치게 편협하거나 보수적으로 설정하지 않도록 아주 조심해야 합니다. 우리 다음 세대는 중요하고도 훌륭한 이야기를 서술하는 데 온갖 종류의 새로운 방식을 동원할 것이고, 그중에는 때때로 당혹스러운 것도 있을 것입니다. 우리는 그들에게 줄곧 마음을 열고 있어야 합니다. 특히 장르와 형식에 대해서 말입니다. 그럼으로써 우리는 그들 중 최고를 키우고 격려할 수 있습니다. 위험할 정도로 분화가 가속화되는 이 시대에 우리는 귀를 기울여야 합니다. 좋은 글쓰기와 좋은 책 읽기는 장벽을 허뭅니다. 그런 선순환을 통해 우리는 새로운 아이디어, 위대한 인도주의적 전망을 찾아낼 수 있을 것입니다.

스웨덴 한림원, 노벨 재단, 그리고 오랜 세월 동안 노벨상을 우리 인류가 바라고 분투하는 빛나는 선의 상징으로 만들어 온 스웨덴 국민들께 감사드립니다.

가즈오 이시구로의 작품들

『창백한 언덕 풍경(A Pale View of Hills)』

『부유하는 세상의 화가(An Artist of the Floating World)』

『남아 있는 나날(The Remains of the Day)』

『위로받지 못한 사람들(The Unconsoled)』

『우리가 고아였을 때(When We Were Orphans)』

『나를 보내지 마(Never Let Me Go)』

『녹턴: 음악과 황혼에 관한 다섯 가지 이야기(Nocturnes: Five Stories of Music and Nightfall)』

『파묻힌 거인(The Buried Giant)』

『클라라와 태양(Klara and the Sun)』

가즈오 이시구로에 대하여

가즈오 이시구로는 1954년 11월 8일 일본 나가사키에서 태어났다. 태어나서 처음 오 년간 그가 살았던 집은 다다미가 깔리고 창호지 미닫이문이 달린 전통적인 일본 가옥이었다. 초기 모습을 사진으로 보면 갓난아기였던 이시구로가 집안의 사무라이 검과 깃발, 가보를 배경으로 그 나이에 취할 수 있는 가장 의젓한 자세로 앉아 있다. 그 집에서는 삼 대가 함께 살았고, 집안의 최고 어른은 그의 친할아버지였다. 그의 친할아버지는 당시 섬유 회사 도야타를 중국에 설립하는 일을 맡아, 일본을 떠나 오랜 세월을 상하이에서 보냈다. 가즈오의 아버지 시즈오는 1920년 상하이에서 태어났다. 그의 어머니 시즈코는 1945년 8월 원자 폭탄이 나가사키에 떨어졌을 때, 친정 식구와 함께 그곳에 있었다. 가즈오 이시구로는 나가사키의 유치원에 다니면서 일본 문자 가운데 가장 간단하고 기본적인 히라가나를 배웠다.

1960년 4월 이시구로는 부모와 누이와 함께 일본을 떠나 영국에 살게 되었다. 해양학자인 부친이 영국 정부의 초청으로 영국 국립해양연구소에서 일하게 되어서였다. 그의 가족은 런던에서 남쪽으로 48킬로미터 떨어진 서리주 길퍼드에 정착했는데, 처음에는 길어야 이 년간 영국에 체류할 예정이었다. 어린 이시구로는 그 지방 학교에 다녔으며 근처 교회의 성가대원이 되었다. 11세가 되자 워킹 카운티 그래머스쿨에 입학했고 대학에 갈 때까지 다녔다. 이시구로 일가는 일정 간격을 두고 일본으로 돌아갈 것을 고려했지만, 시즈오 이시구로의 연구에 대한 영국 정부의 지원이 계속되면서 결국 일본으로 돌아가지 않았다.(시즈오 이시구로가 발명한 폭풍해일 예보기는 현재 런던 과학 박물관에 영구 전시되어 있다.)

10대 시절 가즈오 이시구로는 또래 아이들 대다수가 그랬던 것처럼 음악에 관심을 갖게 되었으며, 미국과 스코틀랜드, 아일랜드의 전통 민요, 그리고 그의 우상이었던 밥 딜런, 레너드 코언, 조니 미첼에게서 영감을 받아 열다섯 살 때부터 노래를 만들기 시작했다. 그는 친구들과 함께 직접 작곡한 곡을 지역 콘서트 장에서 공연하는 동아리의 회원이 되었는데, 그들은 서로의 작품에 대해 토론을 벌이고 종종 혹독하게 비평하기도 했다.(그는 5세부터 피아노 레슨을 받았고 14세부터는 독학으로 기타를 익혔다.)

1973년 여름, 그가 학교를 나와 구한 첫 직장은 스코틀랜드 황야의 밸모럴성(영국 왕실의 여름 피서지)에서 여왕의 어머니를 위해 일하는 들꿩 몰이꾼 자리로, 왕실의 손님들이 사냥감 새들을 쉽게 잡을 수 있도록 보조하는 역할이었다. 이어 이유식 제품을 포장하는 창고에서 일하며 약간의 돈을 저축한 이시구로는 1974년 4월, 배낭을 메고 삼 개월간 미국과 캐나다를 여행했는데, 대개 히치하이킹을 하며 다녔으나 한번은 화물 열차를 타고 워싱턴주에서 아이다호를 가로질러 몬태나까지 가기도 했다. 영국으로 돌아온 그는 처음으로 소설 쓰기를 시도해, 북아메리카 여행 경험에서 영감을 받은 두 편의 단편 소설을 완성했다.

1974년 가을, 이시구로는 영문학과 철학 학

사 과정을 공부하기 위해 캔터베리의 켄트 대학교(UKC)에 입학했다. 입학과 거의 동시에 프루스트와 카프카의 작품을 접했으며, 이 두 작가는 이후 그에게 강한 영향력을 행사하게 된다. 한 학년을 휴학한 이시구로는 1976년 4월, 스코틀랜드 렌프루로 가서 그곳의 '다중 취약' 지구에서 육 개월 동안 자원봉사자로 일했다. 이곳에서 지역 노동조합 임원들, 경제적으로 어려운 이들과 어울리면서 정치 문제에 민감하게 관심을 갖게 되었다. 1976년에는 자신의 첫 장편 소설(미발표)이 될 작품을 쓰기 시작했다. 그해 가을, 대학에 복학해 1978년 졸업했다. 졸업할 무렵까지 샬럿 브론테, 제인 오스틴, 도스토옙스키, 톨스토이, 체호프, 그리고 플라톤이 쓴 소크라테스 대화록에 관심을 가졌다. 1977년에는 두 번째 장편 소설(미발표)을 시작하는 등 계속 소설을 쓰는 한편 노래를 만들어 지역 포크송 클럽에서 공연했다.

1979년 1월부터 그해 여름까지 '웨스트 런던 사이레니언즈'라는 자선 단체에 속해 런던 노팅힐 지역에서 자원봉사자로 일하면서 노숙자 문제를 해결하고 그에 관한 캠페인을 벌이는 데 헌신했다. 훗날 아내가 될 로나 맥두걸을 만난 것도 이 시기였으며 그녀 역시 그 단체에서 일하고 있었다.

1979년 봄, 여전히 노숙자들과 함께 일하면서 이시구로는 이스트앵글리아 대학교(UEA) 문예 창작 과정에 등록했다. 당시 영국에서 문예 창작과 관련해 학위를 주는 대학교는 그곳뿐이었다. 그것은 소규모 강좌로(매년 평균 수강생이 서너 명 정도) 저명한 교수이자 소설가인 맬컴 브래드버리가 강의를 맡고 있었다. 이시구로는 그 강좌의 수강생이 되었는데, 그때 수강생은 모두 여섯 명으로 십 년 전 강좌가 생긴 이래 학생이 가장 많은 해였다. 당시에는 명성과 거리가 멀었지만 훗날 영국의 유명 작가가 된 앤절라 카터가 그의 창작 담당 지도 교수였는데, 1992년 51세의 나이로 이르게 세상을 떠날 때까지 그녀는 그의 가까운 친구이자 조언자로 남게 된다.

1979년 10월에 도착해 UEA에서 한 해를 보내는 동안 이시구로는 문예지에 단편 소설을 발표하기 시작했다. 그 무렵 그의 소설 중 세 편이 런던의 페이버앤드페이버 출판사(그로부터 얼마 전까지 T. S. 엘리엇이 편집자로 일했다.)의 『페이버 인트로덕션 7: 신예 작가 작품집』(1981)에 수록되었다. 이 일을 계기로 페이버 사의 소설 편집자 로버트 맥크럼과의 중요한 친분이 시작되는데, 그는 당시 이시구로가 쓰고 있던 장편 소설을 계약하고 선인세를 보내 주었다. 그 소설이 바로 1982년 영국과 미국에서 출간된 『창백한 언덕 풍경』이다. 이 작품은 왕립

문학 협회에서 수여하는 위니프레드 홀트비 기념상을 수상한 데 이어 여러 나라 언어로 번역되었다. 이 작품 덕분에 이시구로는 1983년 문예지 《그랜타》의 첫 홍보 행사인 '영국 청년 작가 베스트 20인'에 최연소 작가로 선정되었는데, 그와 함께 선정된 작가들 가운데는 살만 루슈디, 마틴 에이미스, 이언 매큐언, 줄리언 반스, 그레이엄 스위프트, 팻 바커, 윌리엄 보이드, 로즈 트레마인 등이 있었으며, 그들 대부분은 당시 별로 알려지지 않은 작가들이었다.

문예 창작 석사 과정을 마친 뒤 이시구로는 '웨스트 런던 사이레니언즈'로 돌아와 다시 노숙자들을 위해 일했지만, 『창백한 언덕 풍경』의 출간 후인 1983년 가을부터는 전업 작가 생활을 시작했다. 이 무렵 그는 텔레비전 드라마 대본 두 편을 썼는데, 그중 첫 번째 대본인 「아서 J. 메이

슨의 프로필」(마이클 화이트 감독)이 1984년 영국 국영 텔레비전으로 방영되었고 시카고 국제 영화제에서 단편 영화 부문 황금 명패상을 수상했다. 이 대본에는 영국인 집사가 주인공으로 등장하는데, 그러므로 이 작품은 『남아 있는 나날』의 전신인 셈이다. 두 번째 드라마 대본 「미식가」(마이클 화이트 감독) 역시 영화화되어 1985년 방영되었다. 그러는 동안 이시구로는 두 번째 장편소설 『부유하는 세상의 화가』를 쓰기 시작했고 그 작품은 1986년에 출간되었다.

『부유하는 세상의 화가』가 부커 상 최종심에 오르고 휘트브레드의 '올해의 책'으로 선정되면서 이시구로는 유망한 청년 작가 반열에 오르게 되었다. 그는 1986년 로나 맥두걸과 결혼했다.(1992년 두 사람의 딸 나오미가 태어났다.)

1989년 이시구로는 『남아 있는 나날』을 출

간했고 그 작품은 그해 부커 상을 받았다. 이 작품은 널리 호평을 받았고 세계적인 베스트셀러가 되었다. 또한 영화로 각색되어 제임스 아이보리 감독, 앤서니 홉킨스와 에마 톰프슨 주연으로 1992년 개봉되고 오스카 상 8개 부문 후보에 올랐다.

1994년 이시구로는 칸 영화제 심사 위원이 되어(당시 그 심사 위원단에는 클린트 이스트우드와 카트린 드뇌브도 포함되어 있었다.) 당시 거의 무명이던 쿠엔틴 타란티노가 만든 「펄프 픽션(Pulp Fiction)」이 황금종려상을 받는 데 일조했다.

그 후 몇 해 동안 이시구로는 몇 편의 장편소설, 곧 『위로받지 못한 사람들』(1995년), 『우리가 고아였을 때』(2000년), 『나를 보내지 마』(2005년), 『파묻힌 거인』(2015년)과 중단편집

『녹턴: 음악과 황혼에 관한 다섯 가지 이야기』(2009년) 같은 후속작을 출간했다. 이 작품들은 널리 번역되어 전 세계적으로 이시구로에게 많은 영예를 안겨 주었는데, 그중에는 대영제국훈장(1990년)과 프랑스 문화예술공로훈장 기사장(1998년) 수훈도 있다.

이시구로가 가이 매딘, 조지 톨스와 공동 집필한 「이 세상에서 가장 슬픈 노래」가 가이 매딘 감독, 이사벨라 로셀리니 출연으로 2003년 개봉되었다. 그가 대본을 쓴 또 다른 영화 「화이트 카운티스」는 제임스 아이보리 감독, 레이프 파인스와 너태샤 리처드슨 출연으로 2004년 개봉되었다. 『나를 보내지 마』는 영화로 각색되어 마크 로마넥 감독, 케리 멀리건, 앤드루 가필드, 키라 나이틀리 주연으로 2010년 개봉되었다. 일본의 저명한 연극 연출가 유키오 니나가와는 「나를 보내지 마」를 2014년 도쿄에서 무대에 올

렸으며, 2016년에는 「나를 보내지 마」가 10부작 시리즈로 제작되어 일본 텔레비전에서 황금 시간대에 방영되었다.

이시구로는 재즈 가수 스테이시 켄트를 위해 작곡가이자 색소폰 연주자 짐 톰린슨과 공동 작업으로 가사를 썼다. 그들이 만든 노래는 스테이시 켄트의 앨범 「브렉퍼스트 온 더 모닝 트램」(2007년), 「드리머 인 콘서트」(2011년), 「더 체인징 라이츠」(2013년), 「아이 노우 아이 드림」(2017년)에 수록되어 있다.

최근 몇 해에 걸쳐 이시구로는 평생의 업적에 수여되는 페기 V. 헬리치 상(2013년), 뉴욕 공공 도서관이 주는 라이브러리 라이온 메달(2014년), 《선데이 타임스》 유명작가 상(2014년), 아메리칸 아카데미 오브 어치브먼트에서 주는 황금 명패상(2017년)을 받았다.

2017년 노벨 문학상을 받았다.

옮긴이의 말

사소하고 은밀한 섬광 같은 순간을 그대에게

이 길지 않은 책을 번역하면서 나는 줄곧 한 사람의 삶에 찾아오는 전환점에 대해 생각했던 것 같다. 포착하지 않으면 그냥 스쳐가 버리는 그런 사소하고 은밀한 순간들에 대해. 2017년 노벨 문학상은 중요하지 않을 수 있지만, 그로 인해 우리가 이 작은 책을 갖게 되었다는 사실은 중요하다. 그만큼 이 연설문에 담긴, 문학만이 할 수 있는 겸허하고 아름다우며 단단한 이야기는 이시구로 작품 전체를 아우르며 다가온다. "결국 이야기는, 다른 사람에게 이야기하는 한 사람에 관한 것이다." 조용한 방에서 글을 쓰고 있는 한 사람, 다른 조용한, 혹은 그렇게 조용하지 않을 수도 있는 방에서 책을 읽고 있는 또 한 사람, '문학'이라는, 세계의 이 작은 구석에서만 경험할 수 있는 사소하고 추레한 순간, 팡파르 같은 것 없이 조용히 다가오는 순간, 당신의 삶, 세계의 방향을 바꿔 놓는 그 순간!

2021년 봄

김남주

작가 연보

1954년 일본 나가사키에서 일본인 부모 사이에서 태어나다.

1960년 해양학자인 부친이 영국 국립해양연구소에서 연구원으로 일하게 되어 누이와 함께 부모를 따라 영국의 서리주 길퍼드로 이주하다. 1960년대 초부터 1970년대 초까지 스토턴 초등학교와 서리주 워킹 카운티 그래머스쿨에서 공부하다. 일 년간 미국과 캐나다를 여행하다. 싱어송라이터나 기타리스트를 꿈꾸며 음악에 심취하다.

1974년 켄터베리의 켄트 대학교에 입학하다.

1978년 켄트 대학교에서 영어학과 철학을 공부하고 학사 학위를 받다.

1980년 이스트앵글리아 대학교에서 맬컴 브래드버리와 앤절라 카터의 지도로 문예 창작 과정을 공부하고 석사 학위를 취득하다.

1981년 세 편의 단편 소설(「기묘하고 간헐적인 슬픔(A Strange and Sometimes Sadness)」, 「J를 기다리며(Waiting For J)」, 「중독 되기(Getting Poisoned)」)를 『신예 작가 작품집(Stories by New Writers)』에 발표하다.

1982년 장편 소설 『창백한 언덕 풍경(A Pale View of Hills)』을 발표하고, 이 작품으로 위니프레드 홀트비 기념상을 받다. "말해진 것보다 말해지지 않은 것이 종종 더 중요한…… 어둡고 신비로운 소설"(《뉴욕 타임스》), "첫 소설이라고 보기 어려운, 최근 여러 해 동안 발표된 많은 작품을 통틀어 가장 돋보이는 소설"(《옵서버》)이라는 평을 받다.

1983년 단편 소설 「가족 식사(A Family Supper)」, 「전후의 여름(The Summer After the War)」을 발표하다. 영국 국적을 취득하다.

1984년 영국 텔레비전 방송 드라마 「아서 J. 메이슨의 프로필(A Profile of Arthur J. Mason)」 대본을 쓰다.

1985년 단편 소설 「1948년 10월(October 1948)」을 발표하다.

1986년 장편 소설 『부유하는 세상의 화가(An Artist of Floating World)』를 발표하다. 이 작품에 대해 로버트 맥크럼(《가디언》)은 이 작품이 이시구로의 여러 소설 중에서도 그의 일본적인 유산을 가장 잘 표출하고 있으며 영어로 된 산문의 미묘함과 아름다움을 절묘하게 포착해 낸 "절대 음감을 지닌 소설"이라고 평했다. 이 작품으로 휘트브레드 상, 이탈리아 스칸노 상을 받고 부커 상 후보에 오르다. 노팅힐의 한 노숙자 자선 모임에서 만난 사회 운동가 로나 맥두걸과 결혼하다.

1987년 영국 텔레비전 방송 드라마 「미식가(The Gourmet)」 대본을 쓰다.

1989년 『남아 있는 나날(The Remains of the Day)』을 발표하고 이 작품으로 부커 상을 받다. 살만 루슈디는 이 작품을 "아름다우면서도 잔인한 이야기"라고 평했다. 약 삼십 년 만에 일본을 방문해 오에 겐자부로와 대담하다.

1993년 『남아 있는 나날』이 제임스 아이보리 감독에 의해 영화로 만들어지다.

1995년 대영제국훈장을 받다. 『위로받지 못한 사람들(The Unconsoled)』을 발표하다. 중부 유럽 가상의 도시를 배경으로 펼쳐지는 초현실주의적인 경향의 이 작품에서는 환상과 사실이 교차하고 경험 세계와 정신세계가 뒤섞이는 카프카적 실험 정신이 돋보인다.

1998년 프랑스 예술문화훈장 기사장을 받다.

2000년 『우리가 고아였을 때(When We Were Orphans)』를 발표하다. 20세기 초 격동의 상하이를 배경으로 추리 기법을 동원한 이 작품은 '고아로서의 운명'을 품은 이들이 세상과 대면하는 방식을 담은 소설이다. 아울러 이시구로의 그 어느 작품보다도 강한 "서스펜스와 음모, 완벽한 절정, 허를 찌르는 결말"을 지닌 흥미진진한 작품이다. 부커 상 후보에 오르다.

2001년 단편 소설 「어두워진 후 어느 마을(A Village After Dark)」(한국어판은 《Littor》 4호에 수록됨)을 《뉴요커》에 발표하다.

2002년 재즈 가수 스테이시 켄트를 만나 함께 음악 작업을 시작하다.

2003년 가이 매딘 감독의 판타지 로맨스 뮤지컬 영화 「이 세상에서 가장 슬픈 노래(The Saddest Music in the World)」의 각본을 쓰다. 이 영화는 같은 해 부산국제영화제에 초청되었다.

2005년 『나를 보내지 마(Never Let Me Go)』를 발표하다. 깊은 문학적 울림으로 인간이란 과연 무엇인가를 묻는 이 작품은 SF 소설의 얼

개 속에서 유년의 정서, 우정과 애정의 엇갈림, 나아가 인간과 문명에 대한 숙고에 닿는다. 《타임》 지 선정 2005년 최고의 소설, '현대 100대 영문 소설'에 선정되고, 전미도서협회 알렉스 상, 독일 코리네 상을 받다.

제임스 아이보리 감독의 「화이트 카운티스(The White Countess)」의 각본을 쓰다

2007년 재즈 가수 스테이시 켄트의 노래 「브렉퍼스트 온 더 모닝 트램(Breakfast on the Morning Tram)」의 가사를 쓰다. 이 앨범은 그래미상 후보에 올랐다.

2008년 《더 타임스》, 이시구로를 1945년 이후 가장 위대한 영국 작가 50위 중 32위로 꼽다. 『가즈오 이시구로와의 대화』(브라이언 섀퍼, 신시아 웡 편집, 미시시피대학교 출판부) 출간되다. 이 책에서 이시구로는 여러 대담자들과 자신의 작품에 대해, 문학과 예술과 삶에 대해 친근하고도 깊이 있게 털어놓는다.

2009년 음악과 황혼에 관한 다섯 가지 이야기(「크루너(Crooner)」, 「비가 오나 해가 뜨나(Come Rain or Come Shine)」, 「몰번 힐스(Malvern Hills)」, 「녹턴」, 「첼리스트(Cellists)」)를 담은 소설집 『녹턴(Nocturnes)』을 발표하다. 로버트 맥팔레인은 《선데이 타임스》에

서 "이 작품의 가장 흥미로운 점은 전체적으로 잔잔하고 일상적인 밋밋함에 있다. 문장의 질감은 거의 두드러지지 않고 구성은 의도적으로 단순하다. …… 이런 반복들이 하나하나 누적되어 책을 덮고 한참 후까지 공명 효과를 만들어 낸다."고 평했다.

2010년 『나를 보내지 마』가 마크 로마넥 감독에 의해 영화화되다

2011년 스테이시 켄트의 앨범 「드리머 인 콘서트」 중 「포스트카드 러버스(Postcard Lovers)」를 작사하다.

2013년 스테이시 켄트의 앨범 「더 체인징 라이츠」, 「브라질」에 참여하다.

2015년 『파묻힌 거인(The Buried Giant)』을 발표하다. 역사에서 사라진 켈트족의 이야기를 담은 이 작품은 "기억과 죄책감에 대해, 집단 차원에서 과거의 트라우마를 회상하는 방식에 대해 깊이 있게 파헤치는 작품"(《가디언》)이다.

2017년 제7회 박경리 문학상 최종 후보에 오르다. 스테이시 켄트의 앨범 「아이 노 아이 드림」에 참여하다. 노벨 문학상을 받다.

2021년 『클라라와 태양(Klara and the Sun)』을 발표하다.

옮긴이
김남주

1960년 서울에서 태어나 이화여자대학교 불어불문학과를 졸업하고 현대 프랑스 문학과 영미 문학을 주로 번역해 왔다. 옮긴 책으로 가즈오 이시구로의 『나를 보내지 마』, 『녹턴』, 『우리가 고아였을 때』, 『창백한 언덕 풍경』, 『부유하는 세상의 화가』, 프랑수아즈 사강의 『브람스를 좋아하세요…』, 『슬픔이여 안녕』, 로맹 가리의 『새들은 페루에 가서 죽다』, 『여자의 빛』, 『솔로몬 왕의 고뇌』, 『가면의 생』, 야스미나 레자의 『행복해서 행복한 사람들』, 『함머클라비어』, 『비탄』, 『지금 뭐하는 거예요, 장리노』, 벨마 월리스의 『두 늙은 여자』 등이 있고, 지은 책으로 『나의 프랑스식 서재』, 『사라지는 번역자들』이 있다.

나의 20세기
저녁과
작은 전환점들

1판 1쇄 펴냄 2021년 4월 2일
1판 2쇄 펴냄 2022년 10월 18일

지은이 가즈오 이시구로
옮긴이 김남주
발행인 박근섭, 박상준
펴낸곳 (주)민음사

출판등록 1966. 5. 19. 제16-490호
서울시 강남구 도산대로 1길 62(신사동)
강남출판문화센터 5층 06027
대표전화 02-515-2000 팩시밀리 02-515-2007
www.minumsa.com

ISBN 978 89 374 2977 4 04800
ISBN 978 89 374 2900 2 (세트)

쏜살

게으른 자를 위한 변명 로버트 루이스 스티븐슨 | 이미애 옮김
외투 니콜라이 고골 | 조주관 옮김
차나 한 잔 김승옥
검은 고양이 에드거 앨런 포 | 전승희 옮김
두 친구 기 드 모파상 | 이봉지 옮김
순박한 마음 귀스타브 플로베르 | 유호식 옮김
남자는 쇼핑을 좋아해 무라카미 류 | 권남희 옮김
프라하로 여행하는 모차르트 에두아르트 뫼리케 | 박광자 옮김
페터 카멘친트 헤르만 헤세 | 원당희 옮김
권태 이상 | 권영민 책임 편집
반도덕주의자 앙드레 지드 | 동성식 옮김
법 앞에서 프란츠 카프카 | 전영애 옮김
이것은 시를 위한 강의가 아니다 E. E. 커밍스 | 김유곤 옮김
엄마는 페미니스트 치마만다 응고지 아디치에 | 황가한 옮김
걸어도 걸어도 고레에다 히로카즈 | 박명진 옮김
태풍이 지나가고 고레에다 히로카즈 · 사노 아키라 | 박명진 옮김
조르바를 위하여 김욱동
달빛 속을 걷다 헨리 데이비드 소로 | 조애리 옮김
죽음을 이기는 독서 클라이브 제임스 | 김민수 옮김
꾸밈없는 인생의 그림 페터 알텐베르크 | 이미선 옮김
회색 노트 로제 마르탱 뒤 가르 | 정지영 옮김
참깨와 백합 그리고 독서에 관하여 존 러스킨 · 마르셀 프루스트 | 유정화 · 이봉지 옮김
순례자 매 글렌웨이 웨스콧 | 정지현 옮김
마르그리트 뒤라스의 글 마르그리트 뒤라스 | 윤진 옮김
너는 갔어야 했다 다니엘 켈만 | 임정희 옮김
무용수와 몸 알프레트 되블린 | 신동화 옮김
호주머니 속의 축제 어니스트 헤밍웨이 | 안정효 옮김
밤을 열다 폴 모랑 | 임명주 옮김
밤을 닫다 폴 모랑 | 문경자 옮김
책 대 담배 조지 오웰 | 강문순 옮김
세 여인 로베르트 무질 | 강명구 옮김
시민 불복종 헨리 데이비드 소로 | 조애리 옮김
헛간, 불태우다 윌리엄 포크너 | 김욱동 옮김
현대 생활의 발견 오노레 드 발자크 | 고봉만 · 박아르마 옮김